Philipp Johann Josef Valentini

Vortag über den mexicanishen Calender-Stein

Antigonos

Philipp Johann Josef Valentini

Vortag über den mexicanishen Calender-Stein

Unveränderter Nachdruck der Originalausgabe von 1878.

1. Auflage 2024 | ISBN: 978-3-38675-003-5

Antigonos Verlag ist ein Imprint der Outlook Verlagsgesellschaft mbH.

Verlag: Outlook Verlag GmbH, Zeilweg 44, 60439 Frankfurt, Deutschland
Vertretungsberechtigt: E. Roepke, Zeilweg 44, 60439 Frankfurt, Deutschland
Druck: Libri Plureos GmbH, Friedensallee 273, 22763 Hamburg, Deutschland

Vortrag

über den

Mexicanischen Calender-Stein,

gehalten von

Prof. PH. VALENTINI,

am 30. April 1878,

IN REPUBLICAN HALL,

vor dem

Deutsch ges. wissenschaftlichen Verein.

NEW YORK.

Gedruckt bei A. Marrer & Sohn, 139 Essex Str.

1878.

Vortrag

über den

Mexicanischen Calender-Stein,

gehalten von

Prof. PH. VALENTINI,

am 30. April 1878,

IN REPUBLICAN HALL,

vor dem

Deutsch ges. wissenschaftlichen Verein.

<hr>

. *C* NEW YORK.

Gedruckt bei A. MARRER & SOHN, 139 Essex Str.

1878.

Vorsitzender: **Prof. CHARLES SCHLEGEL.**

M. H.

Sie wollen so freundlich sein, am heutigen Abend Ihre
Aufmerksamkeit einem Vortrage zuzuwenden, den ich, obwohl
kein Mitglied dieses Vereins, doch artig genug vor Ihrer Ver-
sammlung zu halten aufgefordert worden bin.

Der Vortrag wird sich über gewisse Studien verbreiten,
die ich seit längerer Zeit den s. g. mexicanischen Hieroglyphen,
besonders aber einem Monuments gewidmet habe, das unter
dem Namen des M e x i c a n i s c h e n C a l e n d e r s t e i n s
bekannt ist.

Mein Bericht über die Veranlassung, welcher dies Monument altmexicanischer Kunst seine Entstehung verdankt—
ferner, die Auseinandersetzung des Gegenstandes, ich möchte
sagen Thema's, das sich der Künstler auf ihm darzustellen vorgenommen,—die Beschreibung und Bedeutung der vorkom-
menden hieroglyphischen Symbole im Einzelnen und deren
Zusammenwirken zu einem harmonischen Ganzen,—schliesslich auch die Vorlegung der Mittel, durch welche eine Ent-
zifferung derselben möglich wird—Alles das wird Ihre Geduld
und Zeit in Anspruch nehmen. Wir werden aber dann auf
diesem etwas umständlichen Wege zu einem interessanten
Resultate gelangt sein. Es wird sich herausstellen, dass dieser
sogenannte Calender-Stein nicht wie bisher immer geglaubt,
den Mexicanern zu hoch wissenschaftlichen, nemlich astrono-
mischen Zwecken, sondern zu höchst profanen gedient habe:
zur Hinschlachtung von Menschenopfern, mit deren Blute sie
den Zorn ihrer Götzen zu beschwichtigen glaubten. Die reichen Sculpturen, mit denen die Scheibe bedeckt ist, wird sich
herausstellen, dass sie keine Hieroglyphen für „d i e T a g e
d e s D u r c h g a n g s d e r S o n n e d u r c h d e n Z e n i t h
d e r S t a d t M e x i c o , d u r c h d i e A e q u i n o c t i c a l
u n d S o l s t i t i a l p u n k t e" aufweisen. Wohl aber werde
ich vor Ihnen klar entwickeln können, dass es dem Künster
gelungen in diesen Sculpturen ein höchst abstractes Thema
zur sinnlichsten Anschauung zu bringen, nemlich das von

„Z e i t e i n t h e i l u n g‟ und zwar gerade das der so höchst eigenthümlichen Zeiteintheilung wie sie unter den Völkern von A n a h u a c vor der spanischen Eroberung gebräuchlich war.

Solchergestalt habe ich Sie also mit Inhalt meines heut abendlich zu haltenden Vortrags bekannt gemacht.

In einem Vortrage, der altmexicanische C u l t u r und C i v i l i s a t i o n so e n g berührt, könnte die Unterlassung des Abrollens eines Bildes desselben stark vermisst werden. Bei dem grossen Drange der Zeit muss ich von solchem Beginnen absehen. Ich muss an Ihr Gedächtniss, Ihre Erinnerung aus der Lectüre der Conquista, an die Eindrücke alle appelliren, die Sie aus so vielen Ihnen zu Gesicht gekommenen Curiositäten, Antiquitäten und Bildern der mexicanischen Altwelt davon getragen und vielleicht auch festgehalten haben. Da ich aber von der Erklärung eines Monuments gesprochen habe, auf welchem die Zeiteintheilung dieser Nation eingegraben sein soll, und da diese Darstellung und Form von hieroglyphischen Symbolen gegeben ist, so habe ich zu Nutzen des allgemeinen Verständnisses einige Bemerkungen über diese eigenthümliche Schriftweise vorauszuschicken.

Es handelt sich bei den mexicanischen Hieroglyphen nicht wie bei den egyptischen und assyrischen um eine Lautschrift. Sehen Sie auf einem mexicanischen Bilderblatte, auf irgend einer Sculptur eine Gruppe zusammenhängender unter sich verschiedener Schnörkel, von Thieren und von Menschenköpfen, von Blumeu und so weiter, und sehen Sie diese Gruppe festgesetzt entweder in einer horizontalen oder vertikalen Reihe, so wollen Sie ja nicht glauben, dass etwa ein jeder Schnörkel in einer Gruppe einen Buchstaben, die Gruppe selber ein Wort, und die Aneinanderreihung mehrerer oder vieler solcher Gruppen einen Satz bedeute, dessen Sinn mit Hilfe eines Alphabetschlüssels herausbuchstabirt werden könne. Die Mexicaner besassen eine Sprache, hochgebildet wie nur eine sein kann; sie hatten Ausdrücke für jegliche concrete, für jegliche abstracte Anschauung, und in den wunderbar feinsten, gefühl- und gedankenreichsten Nüancirungen, aber, die Töne unserer menschlichen Stimme nach einer Unterscheidungsform in Vokale und Consonanten abzusondern, und jeden einzelnen desselben durch ein conventionelles Zeichen, Symbol, Buchstaben zu fixiren, und mit diesen Buchstaben alsdann das getönte Wort, ein Lautsymbol just nach dem andern gestellt, wie wir es doch bei dem Schreiben thun, hinzumalen—dieser Kunstgriff war ihnen fremd. Dem ist dies neuerdings widersprochen worden. Man will ein sogenanntes yukatesisches Alphabet aufgefunden haben. Man hat ein yukatesisches Bilderbuch, den sogenannten Codex Tro danach interpretirt. Glorreicher Unsinn ist natürlich danach zu Tage gekommen. Der Codex soll die Darstellung der Yukateken „von der Gletscherperiode, von dem allmäligen Auftauchen des Kranzes der Antillen und ähnliche antediluvianische Thorheiten mehr enthalten. Das besagte yukatekische Alphabet ist aber weiter nichts, als der Versuch eines Missionsbischofs, D. deLanda, den Eingebornen ihre eigene Sprache, phonetisch, nach unserer Weise, aber mit von ihnen abgeborgten Symbolen schreiben zu lehren. Ich gehe nicht weiter auf diesen Gegenstand ein, bin aber erbötig, auf Wunsch später nähere Auskunft zu ertheilen.

Die Mexicaner handhaben also keine phonetische, wol aber eine ausdrucksvolle Bilderschrift. Hatten sie sich etwas mitzutheilen, so ergriffen sie Pinsel und Farbe und malten das Ereigniss in seinen charakteristischen Pointen auf Papier. Bei solchen Darstellungen hatte die Phantasie des Malenden natürlich einen weiten Spielraum. Verschiedene Maler würden d a s s e l b e Ereigniss verschieden dargesellt haben. Aber dies hatte seine Grenzen. In der Wiedergabe der vielen alltäglich wiederkehrenden menschlichen Handlungen banden sie sich an eine ganz bestimmt conventionell bleibende Form. Wollten sie also z. B. g e h e n darstellen, so finden wir immer Fusstapfen, die von einer Person bis zur andern oder bis zu einem Hause reichen. Handelt es sich um s p r e c h e n— aus dem Munde jeder sprechenden Person fliegt eine immer in derselben Form gezeichnete Flocke, der Hauch; wenn s i n g e n, so war die Flocke grösser, länger, und in gewisse Tacte abgetheilt. War von einer bestimmten Persönlichkeit die Rede, und hiess der Mann z. B. Schwarzfuss, so malten sie ihm zu Häupten seinen Hieroglyphennamen als einen Fuss mit schwarzen Flecken betupft; hiess er Wassernase—dann

ein Gesicht über welches hinweg ein kleiner Strom von blau-
em Wasser fliesst. Ward die Eroberung einer Stadt in die Annalen eingetragen, so ist das typische Eroberungsbild ein
Haus, unter dessem stürzenden Dache eine dreigezackte
Flamme angebracht ist. Um nun aber zu wissen um welche
Stadt es sich handelt, ward ihr Wappen dabei gemalt. Dieses
Wappen stellt bildlich ihren Namen dar, und dieser Name
rührte immer von irgend einer Eigenthümlichkeit her, die ihr
durch ihre Localität oder irgend einem andern Umstand gegeben worden war. Die meisten Städte lagen, um sich gegen
Ueberschwemmung und gegen den Wind zu schützen, an
Berge gelehnt. Daher so viele Städtenamen mit der Endung
t e p e q u e, ein Wort das Berg bedeutet. Wuchsen auf dem
Berge viele Zapotebäume, und ward sie deshalb Z a p o t e-
p e q u e genannt, so ist ihr Wappen ein Berg mit einem Za-
botenbaum darin gezeichnet ; wurden viele Wachteln auf ihm
gefangen, so hatte es den Kopf einer Wachtel darin, und dieses Wappenbild ward dann neben das zerstörte Haus gezeichnet.

Diese kurzen Andeutungen werden genügen, um zu verstehen, dass die sogenannten mexicanischen Hieroglyphen weiter
nichts sind als Zeichnungen oder Malereien von wirklichen
aus der Natur direct genommenen Gegenständen, oder, waren
diese in Gruppen dargestellt, von Scenen und Ereignissen aus
dem socialen und geschichtlichen Leben.

Zum Verständniss dieser mexicanischen Bilder zu gelan-
gen, würde uns daher ebensowenig Schwierigkeiten bereiten,
als hätten wir einen unserer gewöhnlichen Bilderbogen vor
uns, oder irgend eine aus einem Buche herausgerissene Illustra-
tion, aus derem Ensemble wir den zu ihr gehörigen Text zu
errathen hätten. Die Scwierigkeiten ihres Verständnisses sind
aber folgende. Gleich beim ersten Anblick fühlt sich unser
heut sehr verwöhntes Auge frappirt, ja etwas beleidigt. Der
Grund ist der: Die mexicanischen Maler zeichneten nicht etwa wie heut zu Tage der gelernte Künstler. Sie zeichneten
so zu sagen, wie ein künstlerisch hochbegabtes, noch von keinem Lehrer angekränkeltes Kind, nemlich: rücksichtslos auf
die Vertheilung von Licht und Schatten, in reiner Contour-
manier, also scharfbegrenzten Linien—dahingegen aber alle

Haupteigenschaften des Objects sehr scharf herausgehoben, oft bis zur Carrikatur vergrössert. Unser Auge verzeiht aber diese Unschönheit sehr bald. Wir finden solche Darstellungsweise zweckdienlich, denn sie lässt bei der so oft grossen Aehnlichkeit zweier Gegenstände nie den Zweifel übrig, welcher von beiden gemeint sei. Dies sei nur nebenher gesagt. Die eigentliche Schwierigkeit für die Interpretation der Bilder ist die, dass wir die dargestellten Gegenstände möglicherweise überhaupt gar nicht k e n n e n. Wir mögen sie nicht kennen, erstens: aus dem Grunde, weil solche Gegenstände heut vollständig aus dem Gebrauch verloren sind. In diese Klasse gehören also z. B. die vielen Bilder von ihren Göttern, Göttinnen, Laren, Penaten, besonders aber die ganzen Paraphernalien ihres complizirten heidnischen Gottesdienstes. Zweitens, mögen uns die Bilder unverständlich sein, weil sie Darstellungen von Gegenständen sind, die gerade nur jenen Ländern, jener Zone, und dem daselbst so eigenthümlichen nationellen Haushalte zugehören, also etwa die Bilder gewisser tropischer Thiere und Pflanzen, ihrer Koch-, Kunst- und Arbeitsgeräthe. Wer würde z. B. in den vorher erwähnten Stadtwappen, das von Z a p o t e p e q u e erkennen, ohne dass er auch die eigenthümliche Structur des Baumes, seines Stammes, der Blätter, Blüthen und Früchte je gesehen, oder sollte dies doch in einer modernen Abbildung der Fall gewesen sein, ihn nun auch gerade in der mexicanischen Abbildungsweise als solchen wiedererkennen? In die dritte Reihe würden die Bilder für gewisse abstracte Begriffe gehören. Wer würde, ohne dass es ihm erst gesagt worden, z. B. die Darstellung der Begriffe: Jahr, in einem zu einer Schleife gewundenen Bande oder Stricke errathen? In solchem Falle, sehen Sie, stand also das Bild nicht für den Gegenstand selber, sondern für Etwas was man sich bei ihm zu denken gewohnt hatte. Das Bild war eben nur ein Symbol. Lassen Sie diese wenigen Beispiele für gut gelten. Ich habe vorwärts zu eilen.

Zur Ueberwindung der genannten Schwierigkeiten, die uns für die Erklärung eines jeden mexicanischen Bilderblattes entgegen treten, sind uns glücklicher Weise ziemlich bedeutende Hilfsmittel gewährt. Um seinem Monarchen Carl V. ein Bild von der Geschichte des neu überwundenen Volkes,

seiner Sitten, seiner Productionskraft, der Menge seiner neuen
gewonnenen Städte zu machen, berief der erste Vice-König
von Mexico Mendoza ein Collegium von 3 indianischen Malern,
und gab dem einen auf, die ganze politische Geschichte des
mexicanischen Volkes, von ihrer Herwanderung aus dem Norden bis auf das Erhängen des letzten Königs Quauhtemotzin
ganz so darzustellen, wie sie in ihren Annalen gemalt war.
Der zweite hatte alle Städte, oder vielmehr die Stadtbilder zu
malen und bei jedem derselben, die Bilder der Producte, die
aus jenen nach der Hauptstadt als halbjährliche Tribut einge-
sandt worden waren. Des dritten Aufgabe war: die Erzie-
hungsmethode der Mexicaner darzustellen, was mit dem männ-
lichen wie weiblichen Kinde durch 15 Jahre seines ersten
Lebens in jedem einzelnen Jahre vorgenommen wurde, um
den einen zu einem guten Handwerker oder Krieger, die andere zu einer künftigen Hausfrau zu bilden. Zu jedem dieser drei Bilderhefte wurde ein allgemein gehaltener Text ge-
schrieben. Wir haben also in diesem sogenannten Mendoza
Codex eine p o l i t i s c h e, eine ö k o n o m i s c h - s t a t i s t i-
sche und eine s o c i a l e Geschichte dieser Nation bewahrt erhalten. Das Wichtige aber war, dass auch Sorge getragen
ward, zu jedem einzeln hingemalten Bilde (und es sind deren
nahe an tausend) eine specielle Erklärung hinzuzufügen. Wir
besitzen demnach nahe an tausend Erklärungen von mexika-
nischen Gegenständen, gerade wie sie auf mexicanische Weise
gezeichnet oder gemalt wurden; und, da alle diese Gegenstände der politisch socialen und statistischen Lebenssphäre
angehören, dürfen wir sicher sein, dieselben mehr oder weni-
ger, immer wieder auf jedem ihrer gemalten Bilderbögen wie-
derfinden. Ihre Wiedererkennung wird um so leichter, als
an den einmal angenommenen Contouren, an Form und Farbe
niemals von den Künstlern eine Aenderung vorgenommen
wird. Wir besitzen noch eine andere authentische Quelle
für die Interpretation mexicanischer Hieroglyphenbilder, und
zwar in dem sogenannten C o d e x V a t i c a n u s. Irgend ein
neu mexicanischer Magnat der Kirche liess, so wie Mendoza
für den Kaiser, so er ein Bilderbüchlein für Pabst malen.
Der Inhalt dieses Codex Vaticanus ist Darstellung der mexicanischen Cosmogonie, ihrer Mythologie, ihres Calenders. Er

ist in prächtigeren Farben als der vorige gemalt, und ebenso
ist jedes einzelne Bild mit einer besonderen Interpretation ver-
sehen worden. Somit besitzen wir, gerade aus den ersten
Zeiten der spanischen Eroberung, wo also noch eine ganze
Generation mexicanischer eingeborener Maler am Leben war,
einen recht authentischen Schlüssel für das Verständniss der
conventionellen Darstellungsweise ihrer Objecte sowohl als
ihrer Symbole für abstracte Begriffe.

Ausser diesen s. g. officellen Interpretationen existiren nun
auch viele private. Spätere Archaeologen von mexicanisch
spanischer Abkunft, Sammler, Liebhaber, haben in diesem
Fache theilweise recht vorzügliche Arbeiten geliefert und Sinn
und Bedeutung einer Menge von Figuren endgültig festgestellt. Ich habe Ihnen somit die Hauptquellen für das Stu-
dium und das Verständniss der mexicanischen Hieroglyphen
skizzirt. Viel bleibt noch hierüber zu sagen übrig. Selbstverständlich wird ein Verständniss derselben und die Auflö-
sung irgend eines Bildproblems nie glücken—ohne ein voll-
ständiges Vertrautsein mit der politischen Geschichte dieses
Volkes, ihrer Mythologie, ohne eine gründliche Lectüre aller
spanischen Chronisten und besonders der Originalberichte der
ersten Missionäre, deren Hauptzweck, die Bekehrung der
Eingebornen, in erster Instanz ja nur dadurch erreicht werden konnte, dass sie sich zu erlernen bemühten, wie sich ihre
Beichtkinder sprachlich und auch bildschriftlich auszudrücken
gewohnt waren. Gezeichnet haben diese Missionäre kein Bild,
wenigstens nicht dass wir es wüssten. Aber ihre Beschreibung
von den neuen, seltsamen Gegenständen, die ihnen vor die er-
staunten Augen traten, diese Beschreibungen mögen a u c h
eine Quelle für Verständniss der Bilder genannt werden. Denn
sie sind oft so treffend. dass man zu solchem Texte häufig un-
erwartet, das entsprechende Bild irgend wo auf einer Sculptur oder einem gemalten Blatte wiederzufinden im Stande
ist.

Nach dieser summarischen Angabe, was mexicanische Hieroglyphen eigentlich sind, und wo wir uns nach den Quellen
für ihre Interpretation umzusehen haben, erlauben Sie mir jetzt,
gleichsam als eine Probe für meine Behauptung, solch ein
mexicanisches Bilderproblem mit Ihnen zusammen practisch

zu lösen. Wie schon erwähnt, soll dies an keinem gemalten Bilde, wol aber an einer Sculptur geschehen, deren Reichhaltigkeit uns eine Fülle zu untersuchenden Stoffes darbietet. Ich werde Ihnen zuerst im kurzen mittheilen, in welchem **Jahre**, in wessen **Auftrage**, zu welcher besonderen festlichen **Gelegenheit** diese Steinscheibe gefertigt worden, wo sie dann vergraben, dann wiedergefunden und wiederausgestellt worden ist; wofür man sie gehalten, was man aus ihr heraus, was man in sie hinein interpretirt hat. (Aufrollen der Leinwand) Das Bild, das Sie hier sehen, ist eine genaue Copie nach der besten Originalphotographie, die von dem mexicanischen Calenderstein vorhanden ist.

Die Scheibe, die Sie hier sehen, ist in Natur aus einer enormen Porphyr-Basaltplatte herausgearbeitet. Sie steht aus der Fläche der Platte hervor in einem Relief von 9 Zoll. Der Durchmesser beträgt 11 Fuss 8 Zoll. Ich habe die Copie, der besseren Handlichkeit halber, mit nur einem Durchmesser von 6 Fuss 6 Zoll gefertigt.

Es war nach unserer Zeitrechnung um das Jahr 1478, also gerade vor 400 Jahren, und nur zwei Jahre vor dem Tode des damals in der Stadt Mexico regirenden Königs Axayacatl, dass dieser letztere von dem Oberpriester des Staates an ein Gelübde erinnert wurde, welches er diesem einst geleistet. Er sprach in folgenden Worten, (und gebe ich den langen Text des berichterstattenden indianischen Schriftstellers Tezozomoc in gedrängtem Auszuge:) „Der Bau der grossen Opferstätte, der Pyramide, den Du unternommen, naht sich seinem Ende. Du wolltest ihn mit einem prächtigen Werke zieren, an dem Huitzilopochtli, der Ernährer der Menschen, seine Freude haben sollte. Die Zeit drängt; säume mit dem Werke nicht zu lange." „Ich denke," sprach der König. „den Opferstein, den einst mein Vater dem Gotte der Sonne gewidmet, durch einen neuen zu ersetzen. Lass jenen bei Seite bringen, aber sorgsam aufbewahren. Lebensmittel und Kleider will ich den Werkleuten geben, dass sie aus den Brüchen einen passenden Stein aussuchen, und Gold, Kakao und bunte Stoffe will ich dem Bildner schenken, dass er auf ihm das Bild der Sonne eingrabe, wie sie umgeben ist von allen unsern andern grossen Göttern." So gingen die Werkleute aus und brachen den

Stein. Auf Rollen gelegt wälzten ihn wol 50,000 starke
Männer einher. Als er aber auf die Brücke von Xoloc gelangte, gaben deren Balken nach, sie brach in Stücke, und
der Stein fiel in das Wasser, und Niemand getraute sich ihn
von dem Grunde des See's wieder heraufzuholen. Da er-
grimmte der König, und sprach : „Man baue eine neue Brücke
mit doppelten Balken und Planken, und hole aus den Brüchen von Cuyoacan einen neuen Stein. Man bringe auch
einen andern her, aus der ein Trog gefertigt werde, in dem das
Blut sich sammele, das von dem Opfersteine für die Sühne des
Gottes herabfliesst." Nachdem alsdann die Steine gebrochen
und wohlbehalten über die Brücke gerollt, da gab es ein Fest
der Freude. Es folgt nun eine Beschreibung von blutigen
Kampfspielen, die Belobung des Meisters, den der König in
der Werkstätte aufsucht, und der Bericht, dass der Stein nach
Angabe des Königs, mit dem Bilde der Sonne in der Mitte und
umgeben von den andern Gottheiten, fertig geworden. Aber-
mals wird ein blutiges Dankfest für die Vollendung gefeiert,
des Troges Erwähnung gethan, der auch mit Bildern bedeckt
war. Dann wird die Frage berührt, wie man den ungeheu-
ren Stein die Pyramide hinauf bringe. Nachdem er oben ist,
lesen wir, wird er in die Oberfläche eines Altars eingesenkt.
Der Altar ist aus Stein gebaut, 8 Männer hoch, seine Länge
20 Ellenbogen. Vor ihm wird der Trog gestellt. Und nun
folgt die Beschreibung eines blutigen Opferfestes, das zur Einweihung dieser Opferplatte abgehalten wurde, und an welchem
Tausende hingeschlachtet wurden. Der König, als Haupt-
opferer, wird erzählt, soll am ersten Tage in eigener Person
hundert von Gefangenen abgeschlachtet, von ihrem Blut ge-
trunken und von ihrem Fleische gegessen haben. Er hat sich
dabei so in Arbeit und in Essen übernommen, dass er danach
krank wurde, und kurz darauf mit Tode abging. Er
hatte nur noch Zeit, sich nach mexicanischer Königssitte auf
den Wänden des Felsens von Chapultepeque abbilden zu lassen. So Tezozomoc's Bericht. Dass der erwähnte Opferstein
mit dem Original dieser Bilder identisch ist, dafür werde ich
ausser der zimlich auf ihn passenden Beschreibung nachher
noch einen weiteren Beweis beibringen. (Folgt Vorzeigung
des Bildes der Pyramide aus Ramusio's Sammlung.)

Der Stein wird jedenfalls zu weiteren blutigen Opferfesten bis zum Jahre 1521 gedient haben. In diesem Jahre nahmen die Spanier die Stadt Mexico ein, und Cortes liess den ganzen Pyramidenbau niederreissen, und mit seinen Trümmern die Canäle der Stadt ausfüllen. Weder Cortes, noch Bernal Diaz, noch irgend einer der berichterstattenden Eroberer thut von dem Vorhandensein eines solchen Monuments Erwähnung. Sie haben aber eine Zertrümmerung desselben nicht vorgenommen, ja es sogar auf dem Marktplatze, wo die Pyramide gestanden, zur Schau ausgestellt. So erzählt uns ein Missionär und Chronist, mit Namen Duran, zwischen den Jahren 1551 und 1569, er habe ihn immer auf dieser Stelle erblickt, und so viel sei des Sprechens von ihm unter Spaniern und Eingeborenen, gewesen, dass endlich Seine Eminenz der Bischof Montufar— Aergerniss daran genommen, und seine Vergrabung an derselben Standstelle befohlen habe, damit endlich das Andenken an die auf ihm verrichteten sündlichen Schandthaten der Welt aus den Augen geschafft würde. Bis zum Jahre 1790 thut seiner kein einziger von den vielen inzwischen auftauchenden Schriftstellern über mexicanische Alterthümer auch nur die leiseste Erwähnung. In diesem Jahre 1790 wurde eine Ausbesserung des Pflasters auf dem Marktplatz vorgenommen. Bei etwas tieferem Ausgraben stiessen die Arbeiter auf eine Steinplatte, die beim Anstossen mit dem Eisen einen so hohlen Ton von sich gab, dass man glaubte, ein Schatzgewölbe möge unter ihr verborgen sein. Als man nun die Platte aufhob, fand man kein Schatzgewölbe, wohl aber bot sich zum Erstaunen Aller auf der nunmehr freistehenden Kehrseite der Anblick dieses unvergleichlichen Schatzes altmexicanischer Kunstfertigkeit dar. Der Clerus wünschte ihn wieder eingraben zu lassen, aber der kunstsinnige und liberale Vice-König Revillagigedo gab Befehl ihn im Gegentheil zur Schau zu stellen. Er liess ihn an der Südseite der Cathedrale, in den Sockel einer ihrer Thürme, so dass jeder ihn mustern könne, einmauern. Dort ist er noch heute zu sehen.

Niemand hatte damals die leiseste Ahnung, dass ein solcher Stein je existirt und welchen Zwecken er wol gedient haben möge. Die Archaeologen erkannten sofort, er müsse mit der Sonnenzeit in Verbindung gestanden haben. Sie erkannten, dass das Mittelschild den alten Sonnengott darstelle, und weil man die immer wohlbekannten 20 Bilder für die Tage des mexicanischen Monats im Kreise herum eingegraben fand, gab man der Scheibe den immer noch üblichen Namen: Der Mexicanische Calenderstein.

Ein Professor der Astronomie und Mathematik D. Leon y Gama, der sich viel mit Sammlung mexicanischer Alterthümer abgegeben, auch gerade ein kleines Werk über alt-mexicanische Chronologie unter der Feder hatte, ward officiell aufgefordert, eine Interpretation der seltenen Hieroglyphen abzugeben. Er nahm den Auftrag an und kam nach 20 Monaten Studiums und Schreibens mit einem Werke heraus, in welchem er die sonderbare Ansicht aufstellte, die Scheibe habe den alten Mexicanern als ein astronomisches Instrument gedient. Er habe 5 Hieroglyphen auf ihr entziffert, von denen die eine die Hieroglyphe des Tages darstelle, an welchem die Sonne auf ihrem Laufe vom Norden, die andere, d e n Tag an welchem sie auf ihrem Laufe vom Süden zurück durch den Zenith der Hauptstadt von Mexico gehe; eine dritte und vierte Hieroglyphe bedeute die 2 Tage des Durchgangs der Sonne durch die Punkte der Tag- und Nachtgleichen, eine fünfte sei die Hieroglyphe für den Tag des Sommersolstitiums. Da diese Theorie von der Voroussetzung ausgieng, dass die Mexicaner mit der Kugelgestalt der Erde, unserer Eintheilung ihres Bildes in Paralele und Meridiane, unserem ganzen modernen Sonnensystem bekannt gewesen sein müssten—eine Behauptung, von deren Gegentheil wir positive Beweise besitzen,—und da ferner Gama einen Hauptbeweis schuldig blieb, nemlich die fünf genannten Hieroglyphen zu identificiren, also nachzuweisen dass sie in irgend einer Malerei oder Sculptur überhaupt vorkommen, und für diesen Fall eine authentische Interpretation derselben gegebeh worden wäre, auf die er sich berufen könne, so wurde diese sonderbare astronomische Auffassung des Monuments schon sogleich nach ihrer Veröffentlichung in einem Buche von den eigenen Landsleuten heftig angegriffen, er selber zu einer öffent.ichen Vertheidigung seiner Sätze von den Gelehrten der Stadt herausgefordert, und da er nicht erschien, durch die öffentliche Meinung mit sammt seiner Theorie, so zu sagen

in contumaciam verurtheilt. Seine Zeichnung von der Scheibe ist ungenau, an manchen Stellen entschieden falsch, und
die Beschreibung flüchtig und lückenhaft. Zwei von den auf
der Scheibe gemeisselten Zonen fertigt er z. B. einfach mit
der Erklärung ab, sie stellten, die eine, „die Photosphäre des
Sonnenballs" die andere „die Milchstrasse" am nächtlichen
tropischen Himmel dar. Gama ist bis heute der erste und
einzige Dollmetscher dieses Monuments. Trotz des Beweis-
mangels in seinen Behauptungen, trotz der Lächerlichkeit
seiner Auffassung, wird er sowohl als auch das Monument,
noch immer weiter in solchen Werken citirt, in denen es sich
darum handelt, die Alt-Mexicaner als ein hoch gebildetes
Culturvolk darzustellen.

Der Künstler, behauptete ich von vorn herein, hat als
Musterschmuck dieser Altarplatte das Thema: „Zeiteintheilung", gewählt. Wie er nun dies Thema, vollständig, ja sogar beinahe nur ausschliesslich in der symbolischen Kunst-
manier seiner Nation auf dieser Steinscheibe ausgeführt, will
ich Ihnen jetzt zu erklären versuchen, und durch, ich hoffe,
durchschlagende Beweise erhärten. Ich habe Sie nur noch
mit wenigen Worten mit dem Mechanismus der mexicanischen
Zeiteintheilung überhaupt bekannt zu machen, so wie dieses
uns durch die spanischen Missionäre und Geschichtschreiber
und von allen diesen in übereinstimmender Weise überliefert
worden ist.

Das mexicanische Jahr war ein Sonnenjahr von 365 Tagen. Die Sage ging, dass einer ihrer ältesten Astrologen,
Cipac mit Namen, um die Tage des Sonnenjahres auf die
correcte Anzahl zu bringen, einem älteren Calender von 360
Tagen die letzten 5 Tage hinzugefügt habe. Jeder Tag
im Jahre hatte einen Sondernamen. Diese letzten fünf waren
aber ohne Namen geblieben. Man hielt sie für leere, unglück-
liche, iür sogenannte nemotemi· Dies Jahr von 365
Tagen ward in 2 Theile getheilt. Der grössere und erste Theil
des Jahres bestand aus 260 Tagen, uud hiess Meztli po-
hualli, oder Mondrechnung, Mez-mond, und pohualli-Rechnung.
Der kleinere letzte Theil von 100 resp. 105 Tagen ward Sonnenrechnung genannt, Tonal-pohualli. Ausser dieser Eintheilung des Jahres in die zwei genannten Theile, schieden sie

das Jahr zu 18 Monaten ab, gaben jedem Monat die Anzahl
von 20 Tagen, und legten somit dieser Rechnung die Zahl
der 360 Tage zu Grunde. Jeder Monat, von 20 Tagen, hatte
noch eine Unterabtheilung von 4 Wochen, die Woche zu 5
Tagen gerechnet.

Ein gewisser Complex von Jahren, nemlich 52 Jahre,
machte, was die spanischen Schriftsteller immer sehr unrichtig ein mexicanisches Jahrhundert, „u n s i g l o“ genannt
haben, aus. Jedes einzelne Jahr dieser 52jährigen Periode
oder Cyclus trug einen besonderen Namen. Lief dieser
Cyclus ab, so trugen die Jahre des folgenden Cyclus ganz
dieselben Namen des vorigen. Schliesslich rechneten die Mexicaner auch nach Kosmogonischen Aeonen, und hatten deren
vier. Die Welt war nach ihrer Tradition viermal von der
Sonne zerstört und viermal von der Sonne wieder aufgebaut
worden. Die erste Zerstörung war durch Krieg, die zweite
durch Sturmwinde, die dritte durch Regen, die vierte durch
eine allgemeine Fluth erfolgt. Die Angaben über die Dauer
dieser kosmogonischen Epochen variiren. Der Name der
Schöpfungsjahre ist aber immer derselbe. Sie nannten es
Opfermesser oder I Tecpatl. Dies Jahr I Tecpatl bildet die
Basis aller ihrer chronologischen Operationen.

Das System mexicanischer Zeiteintheilung ist mit dieser
Angabe erschöpft. Lassen Sie mich nur noch Erwähnung
d e s T a g es machen, den die mexicanischen Astrologen,
noch Ablauf von je 4 Jahren eingeschaltet haben sollen, um
die Länge des Sonnenjahres zu einer correcteren zu machen.
Diese Behauptung, nur erst durch moderne Werke verbreitet,
stützt sich auch nicht auf eine einzige authentische Quelle.
Kein indianischer, kein spanischer Schriftsteller, keine Malerei, keine Sculptur legt irgend wie Zeugniss von einer derartigen Interpretation ab. Die Behauptung hat also nicht einmal das Glück zu der Classe begründeter Vermuthungen zu
gehören. Sie gehört zu der der gelehrten Dichtungen.

Die symbolischen Figuren für jede dieser Zeiteintheilungen werden wir nunmehr auf dieser Scheibe dargestellt finden,
und zwar eingegraben auf den Zonen, von denen, wie sie
sehen, die eine immer concentrisch um die andere gelegt ist.

Betrachten wir aber vorest das durch diese Zonen gebildete Mittelschild.

Aus ihm blickt ein Antlitz hervor, geschmückt mit allem erdenklichen Putze: einer Halskette, Ohrringen, aus deren Mitte Federn heraushängen; an der Unterlippe wiegt ein so genannter t e n t e t l, Lippenstein, mit Juwelen besetzt; die Stirn ist mit einer Binde umwunden; zwei grosse Juwelen fassen auf ihr, in der Mitte, ein hieroglyphisches Symbol ein. Irre ich nicht, so ist auch das Haar als in Strähnen festgeflochten dargestellt. Zerlegen wir das kleine Stirn-Symbol, so werden wir den Namen des Sonnengottes A t o n i a t u h in ihm ausgedrückt finden. Hier, diese Wanne mit Wasser darin und herausspringenden Tropfen, ist das mexicanische Symbol für Wasser, oder a t l, in der Nahuatlsprache der Eingeborenen. Ueber diesem Wasser erhebt sich eine Scheibe, deren Rand mit 4 kleinen Kreisen besetzt ist. Dies ist die Darstellung der Sonnenscheibe, sobald diese mit anderen Gegenständen in Verbindung zu Anschauung gebracht werden sollte. Die Sonne ward schlichtweg t o n a t i u h genannt. Ward aber der S o n n e n g o t t gemeint, in der Eigenschaft als Zerstörer der Welt, und zwar als Zerstörer durch die letzte grosse Wassarfluth, so ward dies noch besonders durch ein präfigirtes A t l ausgedrückt, und beide Worte schmelzen zu dem einen: A t o n i a t u h zusammen. Nach dieser Feststellung des Namens wird es begreiflich, warum der Künstler dem Antlitz die Züge des höchsten Alters eingegraben hat. Seine Augenhöhlen sind tief eingesenkt. Tiefe Runzeln ziehen sich über Stirn und Wangen; Kinn und Kinnladen sind dürr und fleischlos. Er wollte den Gott nicht als das strahlende Gestirn, sondern als den Schöpfer, den Geber, d e n T h e i l e r d e r Z e i t, als das urälteste Wesen darstellen, das jemals existirt. Mit allen diesen seinen Symbolen der Z e i t werden wir ihn nunmehr auch umgeben finden.

Leicht sind die Symbole für die Tageseintheilung in die oben erwähnten 1 6 S t u n d e n zu erkennen. Sinnfällig weisen die vier grossen Hauptzeiger nach dem Sonnenaufgang nach der Mittagshöhe, dem westlichen Untergang und der tiefen Mitternacht. Die Unterabtheilungen in 8 Stunden sind durch die kleineren Zeiger, die in 16 Stunden durch die

kleinen Thürmchen, in den entsprechenden Abständen angedeutet. Keines der gemalten Bilder von der Sonne (und hier
ist eines) bringt die Unterabtheilung in 8 Stunden als mit
kleinen Zeigern ausgedrückt; wohl aber sehen Sie die Thürmchen an deren Stelle stehen. Wir dürfen daher nicht zögern,
diese als ein Symbol für Unterabtheilung in Stunden überhaupt, anzuerkennen. Sie wollen noch ferner bemerken, dass
jeder dieser drei Theiler auf je einer folgenden Zone angebracht ist.—

Wenden wir uns nun zu den Symbolen für d i e 2 0 T a-
g e des mexicanischen Monats. Sie finden sie nicht in der
breiten, das Mittelschild umgebenden, sondern in der ihr folgenden schmaleren Zone, die, wie Sie sehen zwanzig Häuschen zählt. Sie finden das Bild für den ersten Tag, C i p a c
genannt, hier, links von Zeigerspitze des Diadems, wie wir
überhaupt die ganze Reihenfolge der Tage nach links herum
finden werden. Der stachelige Kopf irgend eines nicht zu
erkennenden Ungeheuers, soll jedenfalls die Priestermaske
jenes Astrologen bedeuten, der der Sage nach die fünf letzten
Tage der alten Sonnenrechnung von 360 Tagen zugeschaltet
hatte. Sie gewährten also diesem urältesten ihre Calender-
heroen die erste Stelle in der Tagesreihe. Der zweite Tag
hiess E h e c a t l, Wind. dargestellt durch einan Crocodilkopf
mit geöffnetem Rachen, eine Binde auf dem Haupt liegend.
Der dritte Tag hiess C a l l i, Haus; ein mexicanisches Ge-
bäude mit flachem Söller. Boden, Hinterwand, Decke, Pfei-
ler, Quertragebalken sind klar wiedergegeben. Der vierte Tag
Q u e t z p a l i n, oder Eidechse. Der fünfte C o h u a t l,
Schlange. Der sechste M i q u i t z l i, Todtenkopf. Der
siebeute M a t z a t l, Hirsch. Der achte T o c h t l i, Kanin-
chen. Der neunte A t l, Wasser. Der zehnte I t z c u i n t l i
Hund. A. v. Humbold, will ich will ich bei diesem Bilde
erwähnen, spricht die Verwunderung aus, dass dieser Kopf
der einzige in der ganzen Zone sei, welches sein Gesicht nach
rechts gewandt halte. So hatte er ihn auf Gama's Zeichnung
gesehen. Das Original zeigt ihn aber in der Stellung wie die
übrigen. Der elfte Tag O z o m a t l, Affe. Der zwölfte M a-
l i n a l l i, Schlingpflanze, ein mit dieser mexicanischen Pa-
rasite umschlungener Todtenkopf, Zierrath eines im Kriege

gefallenen Helden. **Der dreizehnte Tag A c a t l**, Rohr. Diese tropische Bambuse wächst nur an sehr feuchten Plätzen. Daher ist sie in einer Wanne stehend dargestellt; das Saamenkorn, der aus einer blätterigen Hülle hervorbrechende Keim, die Blätter selber, der Stab sind leicht zu erkennen Der vierzehnte Tag **T e c u a n**, Tieger. Der fünfzehnte **C o z- c a q u a u h t l i**, Königsgeier. Der sechszehnte **Q u a u h t l i**, Adler. Der siebenzehnte **O l l i n**, eine Miniatur des grösseren Mittelschildes, Weltzerstörung. Der achtzehnte **T e c p a t l**, Opfermesser. Der neunzehnte **T l a l o c**, Kopf der Stàtue des Regengottes, und der zwanzigste Tag, **X o c h i t l**, Blume, mit der Wasserwanne, dem Samenkorn, der Frucht, einem Maiskorne, und den Staubfäden.

Mit diesen 20 Darstellungen der Tage in einem geschlossenen Ringe wäre somit auch die Einheit, der Begriff eines vollen Monats ausgedrückt. Dass dies aber überhaupt die Symbole für die 20 Tage sind ist mehr denn reichlich durch die vielen Abbildungen beglaubigt, die wir von ihnen in den mexicanischen Codices besitzen. Keiner der Maler, es ist interessant zu beobachten, erlaubt sich von der einmal gäng und gäben Darstellungsform, weder in Contour, noch in Farbe, abzuweichen. So auch nicht der Bildhauer.

Mit der Interpretation der folgeuden Zone, der der Quadrate mit den 5 eingeschlossenen Punkten, und ebenso auch mit der um diese Zone gelegten anderen aus kleinen Glyphen bestehenden Zone ist es uns nicht so leicht gemacht worden. In den aufbewahrten Quellen ist von ihnen weder ein Bild noch Text zu finden. Wir müssen bei diesem Mangel äusserer Beweise für das was sie bedeuten mögen, irgend einen inneren Beweis zu entwickeln versuchen. Prüfen wir daher vor allen Dingen erst einmal die Zusammensetzung und Anordnung ihrer einzelnen Bestandtheile

Die Zone der Quadrate ist, wie Sie sehen, unterbrochen durch die vier Hauptzeiger, und die Zone dadurch in vier gleiche Abschnitte getheilt. Ein jeder der Abschnitte besteht aus 10 Häuschen. Ein jedes Häuschen schliesst fünf Punkte ein. Die allgemein herrschende Ansicht, dass auf dieser Scheibe der altmexicanische Calender dargestellt sei, führt uns auf die Vermuthung es werde in der Aneinanderreihung der Quadrate sowohl als der in ihnen eingeschlossenen Nummern irgend eine Rechnung verborgen sein, die mit demCalender in Verbindung stehe. Zählen wir einmal, was bei einer Summirung der gegebenen Nummern herauskommt. In jedem Abschnitt sind 10 Häuschen, jedes zu fünf Nummern. So erhalten wir für den einen Abschnitt 50, für die viere aber 200 Nummern. Ich gestehe nun offen, dass ich beim Nachzählen dieser 200 Nummern nicht auf den Einfall gekommen wäre, dass sich diese Zahl von 200 zu einer von 260 ergänzen lassen könne. Gama hat mich auf diesen Weg geführt. Er sagt in seiner überall so flüchtigen Beschreibung über diese wichtige Zone folgende kurze Worte: „In ihr ist die altmexicanische Rechnung Metzlipohualli verzeichnet; nur 200 Tage sind sichtbar, die fehlenden 60 sind unter den Zeigern zu suchen!" Das klingt sehr naiv. Man kann die Zeiger nicht abdecken und darunterschauen; könnte man es wirklich, man würde die 60 Tage sicher nicht darunter finden. Eine weitere Erklärung giebt Gama nicht. Wir wollen aber diese nackte Behauptung als einen Wink auffassen, dessem Sinne doch wohl weiter nachzuspüren werth ist. Hat Gama wirklich Recht, und hätte demzufolge der Künstler, gezwungen wie er war, die Zeiger auf der Scheibe anzubringen, dem Beschauer zugemuthet, die fehlenden Tage an den Stellen befindlich zu denken, die er mit den Zeigern zu bedecken hatte, so müsste die Rechnung stimmen, wenn diese Zeiger gerade so viel Platz einnehmen, als für die Unterbringung für 60 Nummern oder, was dasselbe ist, von 12 Häuschen nöthig ist. Nehmen wir also einen Zirkel und messen wie viel Raum jeder Schenkel eines Zeigers einnimmt. Wir finden er lässt gerade den Raum für $1\frac{1}{2}$ Häuschen. Der andere Schenkel nimmt gerade so viel Raum ein. Dies gäbe also für den einen Zeiger Raum zusammen für 3 Häuschen oder 15 Nummern. Da wir nun mit 4 Hauptzeigern zu thun haben, erhalten wir durch sie Platz für 60 Nummern. Diese 60 zu den schon vorhandenen 200 addirt, giebt uns ein hypothetisches Gesammtergebniss von 260 Nummern. Nun hat die Rechnung des Mondes, Metzlipohualli gerade eben so viel Tage, als wir hier Nummern gefunden. Demnach ist es sehr wahrscheinlich, dass mit jeder Nummer ein Tag derselben repräsentirt werden sollte.

Dies ist aber bis jetzt nur erst eine Vermuthung. Leicht könnte gesagt werden die Rechnung stimme nur zufälliger Weise. Sollte der Künstler nicht etwa selber irgend einen festen Wink gegeben haben, dass er wirklich von dem Beschauer verlangte, sich die fehlenden 60 als unter den Zeigern, so zu sagen, verborgen zu finden? Blicken Sie einmal auf diese Querlinien, die über die Zeiger gezogen worden! Sie sind eine genaue Fortsetzung derjenigen Ringe, durch welche die Zone eingeschlossen ist. Die Ringlinien reichen genau bis zum Ende jedes der Zeigerschenkel. Einen ornamentalen Zweck werden wir in ihnen nicht vermuthen dürfen. Ein solcher wäre doch nur dadurch erreicht worden, wenn der Künstler alle Linien paralell mit Contouren der Zeiger gezogen. Dadurch, dass er sie querüber zog, hat er wohl entschieden die Absicht kundgegeben, dass wir die Zone der Quadrate uns bis zum Ende der Zeigerschenkel verlängert und die jener entsprechenden Anzahl von Nummern ergänzt denken sollen.

Noch sind wir aber nicht sicher, ob diese so gefundenen 260 Nummern auch wirklich die Symbole für die 260 Tage der Mondrechnung sein sollen. Ganz sicher werden wir erst dann sein, wenn wir zu dieser Zahl 260 auch noch die von 105 fänden, welche die Ergänzung zu der vollen Jahresrechnung von 365 Tagen bilden. Finden wir auch diese 105, dann erst wird die bisherige Vermuthung zur vollen Gewissheit.

Wo nun passender, als gerade in der folgenden Zone, der der Glyphen, werden wir die Darstellung der 105 noch fehlenden Tage vermuthen dürfen? Die Anordnung ist, wie Sie sehen, der vorigen ganz ähnlich. Auch diese Zone ist durch die dazwischen liegenden Zeiger in Abschnitte gespalten. Nur gewahren wir jetzt nicht blos v i e r sondern a c h t Abschnitte. Die vier kleineren Zeiger sind ausserdem dazwischen getreten. Auch ist das Symbol ein neues, eine Glyphe, die, wie es mir scheint, die Nachbildung eines Maiskorns ist. Gedanklich wären Tage der Sonnenrechnung von solchen der Mondrechnung verschieden. Demzufolge würden wir uns auch nicht an der verschiedenen Darstellungsform zu stossen haben. Die Hauptsache ist, dass die Rechnung stimmt, dass

105 solcher Glyphen in der Zone aufgefunden werden können. Beginnen wir zu zählen, so finden wir sichtbare Glyphen nur je 10 in diesen oberen sechs Abschnitten, und je 5 hier in den beiden untersten. Dies gäbe uns 70 sichtbare Glyphen. Es fehlen uns also noch 35 Glyphen zur vollständigen Anzahl in der Sonnenrechnung. Wir bemerken aber, dass uns auch hier der Künstler zugemuthet, die fehlende Anzahl als unter den Zeigern fortgesetzt zu denken. Er hat die Fortsetzungs-linien auch dieser neuen Zone quer über die Zeiger, und nun nicht blos über die vier grossen, sondern auch die vier kleinen Zeiger gezogen. Ja, er hat sogar, (und ich fürchte durch ir-gend einen sehr ungeschickten Rath verleitet) hier auf der Fläche dieses Abendzeigers eine Glyphe innerhalb der Quer-linien zu meisseln angefangen. Ueber die Absicht einer Fort-setzung sind wir also sicher. Lassen Sie uns also wieder, wie vorher, messen, wie viel Glyphen wohl unter dem Raum eines jeden Zeigerschenkels gehen würden. Wir finden die Messung ergiebt $1\frac{1}{2}$ Glyphe. Wir haben sechzehn solcher Räume, und somit Raum für 24 Glyphen. Diese zu den vorhandenen 70 hinzugezählt geben 94 Glyphen. Zehn Glyphen mehr müs-sen wir uns folgerecht noch unter den Helmfedern verborgen denken, (messen) und kommen mit diesem auf eine Summe von 104 Glyphen innerhalb der achtgetheilten Zone. Jetzt ist grosse Noth. Wir brauchen nicht nur 104 sondern 105 Glyphen. Ohne die Auffindung diser letzten Glyphe würde selbstverständlich unsere ganze Rechnung illusorisch werden. Wohin wir ader auf dem Monument blicken, diese eine und ein-zelne Glyphe ist nirgends dargestellt zu finden.

Nun, meine Herren, der Künstler muss jedenfalls in ebenso grosser Verlegenheit gewesen sein, diese letzte Glyphe zur Darstellung zu bringen, als wir jetzt in der Verlegenheit sind, sie auch aufzufinden. Die Zahl 105, eine ungleiche, läst sich, das sehen wir ein, nicht gut auf acht Abschnitte ver-theilen, die alle acht genau unter sich gleich sind. Dies war dem Künstler ebenso klar, wie uns. Denken wir aber einmal nach, wie er sich, wenn er überhaupt die Absicht hatte, die 105 Sonnentage in dieser Zone darzustellen, wie er sich hätte helfen können?

Um sich zu helfen hätte er z. B. dem Auge des Beschauers ganz unbemerkbar, den unteren Bogen etwas grösser ziehen, und dadurch Raum für eine 105te Glyphe gewinnen können. Oder auch, er hätte jede der Glyphen des unteren Bogens um einen aliquoten Theil schmaler meisseln können. Aber Bogen sowohl als Glyphen sind insgesammt alle unter sich gleich. Er hätte ferner die fehlende Glyphe vielleicht hieher unten zwischen der Oeffnung des unteren grossen Zeigers darstellen können. Er that es nicht; er hätte dadurch die ganze Symmetrie des Monuments entstellt. Wie hat er sich nun wol geholfen? Ich that in der theoretischen Auseinandersetzung der altmexicanischen Zeiteintheilung der letzten 5 Tage des Jahres Erwähnung, der sogenannten Nemotemi. In einer plastischen Darstellung solcher Zeiteintheilung wie sie das Monument geben soll, dürften wohl diese 5 so höchst interessanten Tage nicht fehlen. Sind sie aber wirklich auf ihm vorhanden, nun, so wird unsere Auffassung von dem Thema, welches sich der Künstler durchzuführen vorgenommen, nicht nur nicht immer mehr begründet, sondern wir werden dann auch gezwungen, zuzugeben, dass der Künstler sich überhaupt vollständig der üblichen Rechnung von 365 Tagen im Jahre bewusst gewesen ist. Ihre Augen haben gewiss schon längst den Platz gefunden, an welchem der Künstler diese 5 Nemotemi Tage zu Anschauung bringt. Hier! nahe über dem geöffneten Mitternachtszeiger, eingefügt zwischen den zwei grossen unternTabletten des Mittelschildes. Senken einmal, im Gedanken, diesen Ausschnitt, der ja überhaupt nichts als ein Stück des doppelten Jahreszirkels ist, hieher herunter,so wird der Eindruck erzeugt,als wenn seine mittlere Glyphe grade den Platz bedecke, wo sie zur Ergänzung der 105 Sonnentage fehlt, und wohin der Künstler sie, aus den angegebenen Gründen, nicht hinzumeisseln sich getraute. Im strengen Sinne des Wortes hat der Bildhauer die Aufgabe nicht gelöst. Er sinnt uns an die fehlende Glyphe bei der Nemotemi mit in den Kauf zu nehmen. Ich denke wir können das Anerbieten annehmen. Er hat als echter Künstler mit einem Winke deutlicher gesprochen, als wir von Anfang an nur irgend wie vermutheten. Er war hart in der Klemme. Aber er hat sich sinnreich heraus geholfen. Das wie? dachte er still lächelnd—geb' ich Euch zu rathen auf!—

Also erst jetzt sind wir berechtigt die in der vorigen Zone aufgefundenen 260 Nummern wirklich als Repräsentanten der 260 Tage der Mondesrechnung anzunehmen. Die Zahlen jeder einzelnen Zone sind das arithmetische Complement der andern. Jede, für sich, bringt die so höchst eigenthümliche Trennung des mexicanischen Jahres in eine sogenannte Mondenrechnung von 260, und in eiue Sonnenrechnung von 105 Tagen zur Anschauung.

Gefunden waren bisher: Die Symbole für die 16 Stunden des Tages, d i e für die 20 Tage des Monats; der Monat selber in der Einheit des Tagesringes; ferner die Summe von 365 Tagen, wie sie je in 260 und 105 unterschieden wurden. Schliesslich die 5 Nemotemis. Wir könnten noch nach der Darstellung der Wocheneinheit fragen! Nun, hier ist sie— die fünf Punkte in den Quadraten sollen die fünftägige Woche darstellen! Es bleiben uns noch die Bilder für den 52 jährigen Cyclus und die für die 4 Aeonen zu finden übrig.

Wir werden das Symbol für den 52 jährigen Cyclus auf den Tabletten und in dieser letzten breiten Zone eingegraben finden, welche die ganze Scheibe umgürtet. Wodurch ist dieses Symbol als solches beglaubigt? Eine äussere Beglaubigung ist uns durch Abbildungen von ihm in den sogenannten mexicanischen Codices gewährt. Ich habe Ihnen einige davon ausgesucht. Hier sind sie. (Vorzeigung der Abbildungen, entommen der Kingsborough'schen Sammlung; Codex Vaticanus, pl. 91. Codex Boturini, pl. 10. Codex Tollerianus, pl. 6 und pl. 8.) Vergleichen Sie diese gemalten Bilder mit dem auf der Zone gemeisselten, so werden Sie deren vollständige Uebereinstimmung sofort gewahr. Auf beiden senkt sich ein Schaft in ein rundes Loch, von welchem aus sich Etwas volutenähnliches hervorwindet. Wir gewahren auf den gemalten Bildern, dass jede der Voluten in 2 Hälften getheilt ist, die eine grau, die andere roth gemalt. Dieselbe Abtheilung finden wir auch auf der Sculptur. Was dieses Symbol bedeute wird uns aus der Beobachtung klar, dass wir es in den gemalten Jahrestafeln immer nur dann wiederkehrend finden, sobald 52 Jahre verflossen sind. Wir sehen es immer gerade an das Symbol dieses 52ten Jahres angehängt. An einer Stelle, in Cod. Tell. IV. pl. 8. 1. Kingsb. Coll. Vol. I., es erscheint auch mit einem erklärenden Texte. Er lautet: „Dieses ist das Zeichen für die Zusammenbindung der 52 Jahre." Hiermit wäre also seine Bedeutung als ein Symbol für den 52 jährigen Cyclus festgestellt, und der äussere Beweis dafür geliefert. Der innere Beweis geht offenbar aus der Zerlegung des Symbols in seine einzelne Bestandtheile hervor:

Der erwähnte Schaft stellt den Reibstab t e t l a x o n i dar, welcher in eine runde Scheibe dürren Holzes gesenkt, quirlartig hin und hergetrieben, den heiligen Funken durch Friction erseugte. Die Voluten sind der hervorquellende Rauch, angeglüht durch den Wiederschein des erweckten Feuers.

Zum lebendigeren Verständniss dieses Symbols will ich Ihnen noch in kurzen Worten die Beschreibung der Scene der Wiederanzündung des heiligen Feuers geben, so wie sie uns durch die Chronisten überliefert worden ist.

Die Altmexicaner hatten den Aberglauben, in der letzten Nacht des 52. Jahres werde der Sonnengott die Welt zerstören, er würde niemals wiederkehren. Ihn zu versöhnen, ihn zum Bleiben zu gewinnen, brachten sie ihm freiwillig das grösste Opfer; nicht blos das eines Menschenlebens, sondern auf allen Heerden, in allen Wohnungen und Tempeln ward das Feuer ausgelöscht. Sie überliessen es der Gnade des Gottes, dass er ihnen das der Menschheit Unentberlichste wieder zurückschenken möchte. Sie zerbrachen all ihr Hausgeräth, hingen sich schwarze Masken vor, beteten, fasteten, und am Abend der letzten Nacht reihte sich das Volk zu einer grossen Procession nach einem benachbarten Berge. Dort angelangt, lag auf einem runden Steine ein Mann gestreckt, der sich freiwillig dem Gotte zum Opfer gestellt hatte. Genau um die Stunde der Mitternacht stiess diesem ein Priester das Messer in die Brust, riss aus ihr das Herz heraus, und reichte dieses mit gehobenen Händen gegen den gestirnten Nachthimmel, während ein anderer Priester auf die klaffende Wunde einen runden kleinen Block von trockenem weichem Holz legte, und ein dritter Priester, auf den Stein gesprungen und über dem Leichnam kniend, einen harten Stab senkrecht auf den Block stellt, und jenen dann mit beiden Händen, quirlartig, hin und her trieb. Dieser gewaltsamen Friction entsprang ein Funken.

Schnell aufgefasst, ward er ineinen nahen Scheiterhaufen geschleudert, dessen nun auflodernde Flammen dem Volke das Versprechen verkündete, der Gott wolle doch lieber noch ein wenig mit der Zerstörung der Welt einhalten, und den Menschen eine neue Frist von 52 Jahren Daseins schenken. Wo immer bei Völkern, im Kleinasiatischen wie im Grossasiatischen Continent die Sonne angebetet wurde, lesen wir, hat diese Scene der periodischen Wiedererweckung des heiligen Feuers, vielleicht nur nicht mit einer so blutigen Dramatik, wie in Mexico, stattgefunden. (Folgt Vorzeigung von 3 Bildern: Feueranzündung auf einem Holzbrette aus Codex Selden, pl. 10. Dieselbe auf dem Körper einer Schlange, aus Codex Laud, pl. 8, beide aus Kingsborough Collection; dieselbe Scene auf einem menschlichen Körper aus Codex Veletri, Fol. 34.)

Somit wäre also auch das Vorhandensein des Symbols für die grössere Zeitabtheilung, den Cyclus von 52 Jahren, als auf dem Monument dargestellt, nachgewiesen worden.

Sie bemerken innerhalb dieser selben Zone, hier oben, noch zwei kleine Gruppen von Sculpturen. Diese machen den Eindruck, als wenn sie Schleifen, Knoten darstellen sollten. So ist es auch wirklich der Fall. Was bedeuten sie? Nach genauer Forschung in den gemalten Jahresannalen stellt es sich heraus, dass diese geknotete Schleife ein zweites Symbol für den Ablauf eines 52 jährigen Cyclus ist. Auch dieses Symbol kehrt, wie das vorige von der Wiederanzündung des heiligen Feuers jedesmal in den Annalen bei dem Symbol des 52sten Jahres wieder. Aber nicht angehängt und unter ihm wie das vorige, sondern so unbemerkbar eingeklemmt, dass ich zu der Erkenntniss seines Vorhandenseins überhaupt erst dann gelangte, als mir aus der sogenannten Squierschen Sammlung ein mexicanisches Annalenbild zu Gesicht kam, in welchem der Maler gerade dieses Exemplares es nicht eingeklemmt, sondern abgesondert darunter gezeichnet hatte. Dabei standen im mexicanischen Nahuatl-Text die Worte: M o l p i y n x i h u i t l, übersetzt: das Zusammenbinden der Jahre. Wir drücken uns aus: ein Jahrhundert geht zu Ende, oder ist abgelaufen. Die Mexicaner sagten: Wir binden die Jahre zusammen.

Hier sind die Abbildungen für die beiden beregten Fälle:
1) Kingsborough Coll, Cod. Boturini, pl. 10. 2) Codex Squier.

Ich will noch erwähnen, dass auch die Yukateken, die Bildhauer der Palenquesculpturen diesen Knoten als Symbol für eine abgelaufene Periode gebrauchten. Die Auffindung dieser Symbole und die Feststellung ihres chronologischen Werthes wird, sobald wir nur erst noch mehr Studienmaterial erhalten, für die Klärung der alten Geschichte der centralamerikanischen Völker von Bedeutung werden.

Wir kommen jetzt zu den letzten der Zeiteintheilungen, zu den A e o n e n. Sie werden die Symbole für dieselben auf den vier grossen Tabellen dargestellt finden, welche in einer höchst origenellen Anordnung rings um das Haupt des Sonnengottes gruppirt sind. Diese Aeonen, sagte ich schon früher, waren grosse kosmogonische Epochen über deren Dauer die Maler nicht ganz einig gewesen zu sein scheinen. Die von ihnen dabei vermerkte Anzahl der Jahre ist sehr verschieden. Uns genüge jetzt nur zu wissen, dass die eine Tablette, oben recchts, die ersten Aeonen, d i e Z e r s t ö r u n g d e r We l t d u r c h K r i e g d a r s t e l l t. Die Tieger gingen aus, so lautet die Tradition, und zerbrachen die Knochen der Menschen. Der dargestellte Tiegerkopf trägt einen Ohrring mit gekräuselter Feder, und eine Troddel hängt noch ausserdem vom Ohre herab. Die in der Tablette angebrachten vier Nummern bedeuten kein Tages oder Jahresdatum. V i e r ist die heilige Zahl, die überal in Rundform oder Strichform da angebracht wurde, wo es sich ganz im Besonderen um Sonnenfeste oder Gegenstände handelte, die mit diesen in enger Beziehung standen. Sie sehen diese Anzahl von v i e r innerhalb der übrigen 3 Tabletten wiederkehren, so auch in grösserer Form in den seitlichen Zwischenräumen der Tabletten, und noch einmal, ebenso, rechts und links, aber dicht am Rande des Kopfmedallions. Das links oben an unserer ersten Aeonen-Tablette angebrachte Symbol, 1 Tecpatl oder 1 Opfermesser, ist aber ein echtes Tagessymbol, wahrscheinlich den Tag bedeutend, an welchem ein Fest zu der Erinnerung an die erste Weltzerstörung gefeiert ward. Die 2 te T a b l e t t e trägt das Symbol für E h e c a t l o d e r W i n d, zur Erinnerung an die Epoche der Weltzerstörung durch Sturmwinde. Sie ist von der ersten durch die Diadem-

spitze des Sonnengottes geschieden und zwischen beiden eingeklemmt wird eine interressante kleine Sculptur sichtbar.
Es ist eine Mauer mit Thürmen verschiedener Grösse, gebor-
sten, und das stürzende und gebrochene Dach darüber durch
Wind emporgehoben. Bemerken Sie das kleine Symbol für
Hauch oder Wind! Eine Troddel hängt an der Seite des
grösseren Thurmes herunter; das zerstörte Gebäu soll also
eine königliche Residenzstadt bedeuten. Wenn, wie ich ver-
muthe, das zerstörte Gebäu für Calli, oder Haus, steht, und
der runde Knopf am Dache die Zahl eins bedeutet, so hätten wir wieder die Angabe eines rituellen Festtages vor uns,
den von 1 Calli. Geben wir jetzt dem Scheibenbilde eine
halbe Wendung nach oben, so erkennen wir in der dritten
Tablette den Kopf des Regengottes oder Tlaloc angebracht. Die Welt, so hiess es, war zum dritten Male durch
Regen zerstört worden. Regentropfen strömen dem Gotte
über die Nase und vom Halse herunter. Unter der Tablette
steht ein Festtag mit 1 Tlaloc verzeichnet. In der letzten
Tablette finden Sie nun die Darstellung von der vierten
Zerstörung der Welt durch eine grosse Fluth. Nichts hat
eindrucksvoller auf die Vermuthung eines Zusammenhanges
dieser amerikanischen Culturvölker mit denen des Orients ge-
wirkt, als die Mittheilungen, welche die Eingeborenen zur
Zeit der Eroberung den Missionären über eine solche Begeben-
heit machten. Eine grosse Fluth, so erzählten sie, habe vor
tausenden von Jahren die Welt überschwemmt. Zwei Menschen, Mann und Frau, der eine Coxcox, die andere Xochi-
quetzal genannt, hätten sich in einem Nachen gerettet, der an
der Spitze eines Berges landete. Nach einiger Zeit sei ein Geier
geflogen gekommen mit einem Knochen im Schnabel. Noch
dauert die Zerstörung fort, habe Coxcox gesagt. Dann aber
sei ein Colibri gekommen, mit einer Blume im Schnabel. Dies
war das Zeichen dass die Erde wieder blühe. Das Paar sei
ausgestiegen und es stamme von ihm nunmehr die ganze
Menschheit ab. Diese Erzählung ist in neuerer Zeit als eine
katholische Pfaffenfabel angesehen, und die Bilder, die von
dem Ereigniss vorhanden, für unächt erklärt worden. Ich
zeige Ihnen hier ein solches Bild. Es ist aus dem Werke von
Gemelli, il giro del mondo, Band vi und dem sogenannten Wan-

derungsbilde der Azteken entnommen. Aus einer Wasser-
fläche sehen Sie, ragt die Spitze eines Berges hervor. Auf
dieser steht ein Baum, und auf dem Baum breitet ein Vogel
seine Schwingen aus. Zu Füssen der Bergspitze tauchen aus
dem Wasser, hier den Kopf eines Mannes, dort der einer Frau
hervor. Der eine trägt zu Häupten das Symbol seines Namens, einen Fasanenkopf, (Coxcox, Fasan), die andere eine
Hand mit einem Blumenbouquet (xochitl-Blume, quetzal-
bunt), Im Vordergrunde schwimmt ein Nachen, aus dem ein
nackter Mensch seine Arme hülfeflehend zum Himmel empor-
streckt. Wenden Sie nun, unter dem Eindrucke dieses Bildes,
ihre Augen nach der Sculptur in der Tablette. Hier werden
Sie die Fluth symbolisch dargestellt finden in der Anhäufung
aller solcher Symbole, welche die Altmexicaner für Wasser
anwendeten. 1) eine Wanne mit stehendem Wasser; 2) Tropfen herausspringend, aber nicht zwei, wie sonst auf dem
Symbol für A t l, Wasser, sondern hier vier. 3) das Bild für
Feuchtigkeit, eine Schnecke. 4) oben ein Crocodil, der König
der Flüsse. Inmitten dieser Symbole, die also zusammen:
Ueberfluss von Wasser bedeuten, bemerken Sie das
Profil eines Mannes mit einer Stirnbinde, und das kleinere
einer Frau. Es bleibt wohl kein Zweifel, dass mit diesen
Profilen der mexicanische Noah C o x c o x und sein Weib
X o c h i q u e t z a l gemeint sei; ebenso auch dass die Erzäh-
lung von ihnen und die dazu gemalten Ailder nicht erst vom
katholischen Clerus erfunden, sondern wirklich unter den Eingeborenen. und lange vor der Eroberung, im Gange gewesen
sind. Unter der Tablette steht das Tagesdatum 7 Ozomatl
(Affe).

Meine Aufgabe den Nachweis zu geben, dass die Scheibe
eine plastische und vollständige Darstellung der in Altmexico
üblich gewesenen Zeiteintheilung enthält, ist somit im grossen Ganzen erledigt. Wir fanden die 16 Stunden des Tages,
die 20 Tage des Monats, die fünftägige Woche, die 365 Tage
des Jahres, die 5 Nemotemi, die beiden Unterabtheilungen
des Jahres in Mondrechnung von 260 und in Sonnenrechnung
von 105 Tagen, die Symbole für den 52 jährigen Cyclus in 2
verschiedenen Formen, und schliesslich die 4 Aeonen.

Sie werden mich noch nach der Bedeutung einer andern

Zone fragen, der, welche zwischen der Zone der Sonnenrechnung und der Cyclen liegt. Nennen wir sie die Z o n e d e s
R e g e n g o t t e s T l a l o c. Durch das Vorfinden ganz ana-
loger Bilder von „aus den Wolken strömendem Regen“, in
den gemalten Annalen, ist diese Erklärung der 12 aller unter
sich gleichen Sculpturen gerechtfertigt. Unter jeder dieser
regenströmenden Wolken bemerken Sie vier Tropfen gemeis-
selt, die auf ein Beet von Erde fallen, das durch die drei Fur-
chen dargestellt ist, in welchen ein Saamenkorn liegt. So stellten die Bilder bebautes Land dar. In Anbetracht, dass auf
der grossen Opferpyramide nicht blos, wie Sie in der vorge-
zeigten Skizze sahen, der Tempel der Sonne, sondern auch der
des Regengottes T l a l o c stand, hat der Künstler bei der
Gelegenheit der Einweihung der Pyramide und der Widmung
einer Opferplatte, auch dem Regengotte in einer Darstellung
des allbefruchtenden Regens seine Huldigung dargebracht.

Noch aber bin ich mit der vollständigen Erklärung der
Sonnenscheibe nicht zu Ende. Hier, diese Zone der Cyclen
ist uns noch wichtige Aufschlüsse zu geben schuldig. Wir
wissen nur erst was jede dieser Cyclentablette bedeutet, nicht,
was sie alle in ihrer Verbindung zusammengenommen. So
wie die Zone M e t z l i p o h u a l l i dadurch noch ganz un-
erklärt geblieben wäre, wenn wir blos jdes Häuschen für sich
betrachtet und nicht ihre Gesammtsumme gezogen hätten, so
auch hier. Wir werden die Anzahl der Tabletten zu zählen
haben, um dem Probleme auf den Grund zu kommen, welches
uns der Künstler so offenbar in ihrer Aneinanderreihung vor-
gelegt hat. Dass sie als aneinandergereiht, ja als eine ganze
Reihenfolge von Tabletten und demgemäss auch Reihenfolge
von Cyclenfesten zu betrachten sind, ist offenbar. Sie sehen
eine jede dieser Tabletten dicht an den Rahmen der folgenden
gefügt. Ganz so stellen auch die Maler, wie Sie hier aus diesen Jahrestafeln sehen, die sich aufeinanderfolgenden Jahre
auf Tabletten, und diese eine an die andere geheftet dar. Die
Aneinanderreihung und Folge dieser Cyclentabletten geht nun
von hier unten, von den zwei mit Helmen geschmückten Kö-
pfen aus. Wen diese Köpfe darstellen sollen, kann ich Ihnen
nicht sagen. Der Künstler mag sich unter ihnen die Erfinder
und die Verbesserer des Sonnenkalenders gedacht haben. Von

ihnen aus wendet sich die Zone nach rechts und links herum, und endigt eine jede Hälfte derselben oben mit einem Zeiger. Diese zwei Zeiger convergiren, und nehmen ein Tablettenbild in die Mitte, welches hoch oben die ganze Scheibe krönt.

Die Zählung der Tabletten ergiebt nun auf jeder Seite die Anzahl von zwölf, zusammen also vier und zwanzig. Begreift nun jede derselben und der ihr entsprechende Cyclus die Summe von 52 Jahren, so würden 24 solcher Tabletten die Gesammtsumme von 1248 Jahren darstellen. Was wir mit diesen 1248 Jahren zu thun haben, ist klar genug vom Künstler angedeutet. Wir sollen sie in eine gewisse Beziehung zu der grossen Tablette bringen, welche zu Häupten der Scheibe angebracht ist. Denn nichts anderes können die beiden Zeiger bedeuten, in deren Gefolge wir rechts und links die beiden Cyclencolonnen nach jener Krontablette sich hinbewegen sehen. Den eigentlichen Inhalt dieser Beziehung werden wir aber erst dann zu ergründen im Stande sein, sobald wir wissen werden, was denn eigentlich das in der Tablette eingegrabene Symbol bedeutet. Nun, nichts ist leichter zu entziffern, als gerade dieses Symbol. Es ist das von A c a t l, Rohr, welches wir schon als den 13ten Tag im Monat kennen gelernt hatten. Wir sehen dem Symbol die Nummer 13 beigegeben, und lesen demgemäss 13 Acatl. Da nun 13 Acatl ein wohlbekannter Name für ein bestimmtes mexicanisches Jahr, nehmlich für das letzte des 52 jährigen Cyclus ist, so hätten wir nur noch dies Jahr 13 Acatl in unsere chronologische Sprache zu übersetzen. Dafür verweise ich einfach, denn ich muss kurz sein, auf die authentischen Reductionstabellen, die ich auf Verlangen vorweisen und auch auf Wunsch erklären werde. Dies Jahr 13 Acatl in das entsprechende Jahr unserer Zeitrechnung umgewandelt, ergiebt das Jahr 1479 A. D.

Ein Jahresdatum, eingegraben an solcher Stelle wie diese, ruft von vorneherein die Vermuthung wach, dass es den Zeitpunkt anzugeben beabsichtigt, in welchem das Kunstwerk gefertigt und den öffentlichen mit ihm verbundenen Zwecken übergeben worden sei. Wir kommen über jeden Zweifel hinaus, wenn wir uns des Stifters dieser Altarscheibe, des Königs A x a y c a t l, erinnern, von welchem der Chronist Tezozomoc aussagte, er habe, an den üblen Folgen der Einweihungsfeier erkrankt, diese letztere kaum noch ein Jahr überlebt. Die Regierungsdauer dieses Königs Axaycatl ist vom Jahre 1466 bis 1480. Sie sehen hieraus wie verlässlich sowohl der Bericht des Chronisten, als auch die Erklärung des Jahres 13 Acatl mit 1469 A. D. ist. Die Beziehung nunmehr, in welche der Künstler die beiden Cyclencolonnen zu dem Jahre 1479 A. D. zu bringen wünschte, war wol keine andere, als dem Beschauer kund zu thun: er habe, als er in dem besagten Jahre 13 Acatl, die Altarscheibe meisselte, in den Annalen 24 Feste der Wiederanzündung des heiligen Feuers verzeichnet gefunden. Dies würde also in unserer Sprachweise lauten, dass die Mexicaner in dem Jahre 1479 A. D. 1248 Jahre verzeichneter und nationaler Geschichte hinter sich hatten. Demgemäss würde also d e r A n f a n g i h r e r n a t i o n a l e n A e r a a u f d a s J a h r 2 3 1 A. D. z u s t e l l e n s e i n.

Welches besondere historische Ereigniss als mit diesem Datum zusammenfallend gemeint sei, ist nicht unschwer zu errathen, sobald man nur überhaupt mit allen Traditionen, den Berichten der Missionäre, den Sammelwerken der Chronisten, und den Erklärungen vertraut ist, welche letztere beispielweise uns noch im vorigen Jahrhundert aus altmexicanischen Bildertafeln über die Vorgeschichte der Anahuac-Völker hinterlassen worden sind. Ich kann hier an dieser Stelle, leider nicht, so interessant es mir erscheint, auf das Nähere eingehen. Nur soviel sei gesagt; es stellt sich nach Prüfung aller der angegebenen Quellen heraus, dass die Annalen in die M i t t e u n s e r e s d r i t t e n J a r h u n d e r t s die Ankunft von Männern versetzten, welche von drei östlichen Häfen Centralamerikas, dem von Tampico, Xicalanco und Bacalar aus in das Innere des Landes eindrangen, die Riesen, das heisst die Eingeborenen von C h o l u l l a erschlugen und in Yukatan Honduras, Chiapas und Mexico die Gründer und Erbauer jener zahlreichen Städte und Tempel wurden, deren Ruinen wir heute bewundernd betrachten. Die Scheibe demnach mit dieser ihrer chronologischen Zone, wird als eine der zuverlässigsten Quellen für altmexicanische Vorgeschichte angesehen werden müssen. Einerseits giebt sie selbständig, ein G e - s c h i c h t s d a t u m, anderseits b e s t ä t i g t sie aber ein solches, welches lange nur in vagen Andeutungen geahnt und deshalb nur immer mit Blicken des Zweifels und Misstrauens angesehen wurde.

Noch viel mehr wäre über den Inhalt dieser chronologischen Zone zu sagen. Dies wird dem aufmerksamen Beschauer derselben nicht entgangen sein. Ich muss aber davon abstehen, jetzt gerade weitere Auskunft zu gewähren. Ebenso auch muss ich abstehen, jetzt auch von den Schlüssen zu sprechen, die sich nunmehr auch aus der Feststellung eines so frühen geschichtlichen Datums auf noch f r ü h e r e folgerecht ziehen liessen. Daten freilich, die nur in g e m a l t e n Annalen verzeichnet gewesen. Ich würde Sie damit bekannt machen können, was wol unter dem Datum X C a l l i, oder 137 A. D. im Besonderen zu verstehen sein wird, in welchem Jahre die Vorannalen von einer grossen S o n n e n f i n s t e r n i s s sprechen. Ebenso auch mit einem Datum I T e c p a t l, an welchem sich die Astrologen zur C o r r e c t i o n d e s C a l e n d e r s versammelt haben sollen, und das nunmehr mit Jahre 29 vor Christi Geburt zu berechnen wäre. Ich habe dem aber Ihre Aufmerksamkeit und Zeit schon über die gebotenen Grenzen hinaus in Anspruch genommen und schliesse den Vortrag mit dem wärmsten Danke für den mir so zahlreich gewährten Besuch.

Druckfehler.

Seite 4, Zeile 13 v. u statt Blumeu lies Blumen.
"   5,   "   7, 8 & 13 statt yukatesisches lies yukatekisches.
"   8,   "   11 v. u. statt Bilderbögen lies Bilderbogen.
" 11,   "   5 v. u. statt Tezozomoc's lies Tezozomocs.
" 12,   "   1 v. u. statt der Sonnenzeit lies: dem Sonnendienst.
" 14,   "   4 v. u. statt mond lies Mond.
" 23,   "   14 v. u. statt Tollerianus lies Tellerianus.
               1 v. u. statt es erscheint lies erscheint es.
" 26,   "   8 v. u. statt links oben lies rechts oben.
" 28,   "   15 v. u. statt Ailder lies Bilder.